Ye 40246

CHARLOTTE CORDAY.

ODE.

C.

A MONSIEUR

ISIDORE ROBEQUIN,

Juge au Tribunal Civil de Reims.

MON CHER AMI,

C'est à vous que je dédie ma dernière Œuvre poétique,
à vous qui comprenez si bien l'héroïsme, à vous qui croyez
encore, qui faites plus que croire à la vertu.

P. M. d. e. d.

1854

NOTICE

SUR LA

DESCENDANCE DE CORNEILLE.

━━━━━━

Dans une Notice sur le poète lyrique Ecouchard-
Lebrun, mise en tête de ses OEuvres, par l'acadé-
micien Ginguené, son éditeur, on lit : « En 1760,
Titon-du-Tillet (le statuaire) fit connaître à Lebrun
un descendant du grand Corneille, héritier de son
nom, et, à la honte de la France, réduit, avec une
fille unique, à la plus extrême pauvreté. Fonte-
nelle, parent de Corneille, avait connu, avant de
mourir, l'état où les restes de cette famille illustre

étaient plongés, et il les y avait laissés (récit un peu hasardé, comme on va voir). Fréron entreprit de leur être utile, et il obtint, pour eux, par le célèbre acteur Le Kain, une représentation de *Rodogune*. Lebrun fit mieux : il s'adressa à l'illustre vieillard de Ferney ; et, dans une ode digne du sujet, il fit parler à l'ombre du grand Corneille un langage qui fut entendu de Voltaire... »

Cette conduite louable de part et d'autre donna lieu, entre ces divers personnages, à des querelles littéraires fort sottes, à mon avis, mais très à la mode dans ce temps-là, et qu'il n'est ni dans mon goût ni de mon sujet de rapporter. Je passe à la courte analyse d'un mémoire de feu M. de Stassart, président de l'Académie royale de Bruxelles, inséré dans les *Bulletins* de cette Académie, année 1850.

« On y trouve la réponse de Voltaire à Lebrun sur son ode et sur la personne qui en est l'objet ;

il loue l'une, il adopte l'autre. Voltaire garda chez lui cette jeune fille, puis la maria et la dota. Vint la Révolution, qui ruina ce ménage. Le mari, un sieur Dupuits, gentilhomme et maréchal de camp, fut porté sur la liste des émigrés et obligé de fuir. Une dame d'Angéli, leur fille, s'opposa en vain à la vente de leurs biens confisqués. M. d'Hornoy, petit-neveu de Voltaire, écrivit, en l'an XI, à l'Académie française, pour la prier d'appuyer la demande qu'il faisait d'un secours du gouvernement pour ces infortunés. Tout cela est digne d'éloges autant que de compassion.

» Mais voici le plus curieux : Madame Dupuits n'était ni la petite-fille, ni la petite-nièce soit de Pierre, soit de Thomas Corneille. Elle descendait d'un de leurs oncles, avocat à Rouen. Il y a plus : elle ne se rattachait à la famille que par un lien naturel, à moins que Françoise Corneille, sa grand'-mère (ou sa mère), n'ait épousé quelque cousin-germain paternel. L'Académie (de Bruxelles) déclare n'avoir pas pu découvrir le mari. En revanche, et d'après la généalogie qu'elle a dressée, il existe de nombreux descendants directs de Pierre Corneille : cinq d'entre eux ont reçu une éducation gratuite dans les prytanées et lycées. Le seul célèbre de tous ces descendants est l'arrière-petite-fille de sa fille, aînée de ses quatre enfants, l'héroïque CHARLOTTE CORDAY d'Armans. »

P. M. d. e. d.

CHARLOTTE CORDAY.

L. II, Ode 3.

I.

« Qui retient mon vol rapide
Vers la céleste Equité?
Doit-il du Vice stupide
Subir la malignité?
N'ai-je pas assez sur terre,
Par l'offrande volontaire,
Au Pays, de tout mon sang,
Mérité son indulgence?
J'ai, prévenant sa vengeance,
D'un monstre percé le flanc. »

II.

Ainsi se faisait entendre
Dans l'air un son, à la fois
Et plaintif et fier et tendre,
D'une féminine voix;
Tandis que du fond d'un gouffre
De boue infecte et de soufre,
Un sifflement jaloux part.
Au sonore écho pareille,
Du Poète seul l'oreille,
Emue, au Monde en fait part.

III.

C'était d'une tourbe atroce
De spectres les cris joyeux,
Joie impudique et féroce :
Une Belle vient vers eux !
Les longs flots de sa tunique
Montrent à leur œil cynique
Une tache en sa blancheur :
Elle est des leurs ! Ils l'arrêtent,
Ironiquement la fêtent,
Et puis l'insultent en chœur.

IV.

« Le Républicain farouche,
De l'Objet de ses désirs
A rendu veuve sa couche :
De là, ses noirs déplaisirs.
Voyez-vous un vrai courage
Dans la main qu'arme la rage
D'une amante au désespoir ?
L'héroïne généreuse
D'une vulgaire amoureuse
N'est que le trompeur miroir.

V.

» — Vils Esprits, dont la censure
Verse la dérision
Sur l'acte d'une âme pure,
Allez ! ma confusion
Soutient mieux votre mensonge
Et du serpent qui vous ronge
L'honorable inimitié,
Que de ces cœurs si sensibles,
Aux faiblesses accessibles,
L'humiliante pitié. »

VI.

Plus d'un orateur sublime
Déclame en style ampoulé :
« Le meurtre est toujours un crime
Quand la loi n'a pas parlé.
De quel droit votre sentence
Dispose de l'existence
D'un citoyen..... d'un pervers ?
Individu, la Patrie
A-t-elle à votre furie
Commis ses soucis divers ! »

VII.

Voici le froid politique,
L'homme du moment présent,
Sage qui, hors la pratique,
Voit tout d'un œil méprisant.
« Que nous sert que trop bénigne
L'âme s'exalte ou s'indigne ?
Rien n'est bon, rien n'est mauvais.
Règle suprême : l'Utile ;
Le grand homme, c'est l'habile ;
Héros, vertueux niais !

VIII.

» Attendez : bavard complice
De nos absurdes tyrans,
Un exemplaire supplice
Le réclame dans leurs rangs.
Sa sanguinaire infamie,
Qui se dit *du Peuple amie,*
Doit au gibet aboutir.
Non ! votre ardeur indiscrète
Que la Justice regrette,
D'un fourbe fait un *martyr.* »

IX.

» — Oh ! de démons quelle bande
M'assaille comme assassin !
Personne qui me défende
Appréciant mon dessein ?
Mais afin qu'elle se taise,
Roi de la scène française,
PIERRE, ô mon illustre aïeul,
Chante, et que ton harmonie,
Des enfants de ton génie,
Soulève encor le linceul.

X.

» Que leur brillante cohorte,
Marchant sous ton haut pennon,
A mon honneur fasse escorte
Et mette à couvert mon nom. »
« — Oui, ma fille, qu'on le sache !
Cet impur sang ne les tache
Qu'aux yeux louches et charnels,
Fascinés par l'apparence,
Sans saisir la différence
Des attentats criminels.

XI.

» Quand une main furibonde
Frappa notre Béarnais,
Dans ton sein, mère féconde,
France, déjà tu sentais,
Par la liberté rendue,
Mais trop tôt, hélas ! vendue
Pour un faste de grandeur,
Renaître les jours prospères,
Revenir entre les frères
La concorde et la candeur.

XII.

» Prince à jamais regrettable,
Que mes yeux enfants ont vu,
Tu crus le Pays peu stable,
D'esprit de paix dépourvu :
Tu lui rends ses privilèges,
Las de guerres sacrilèges
Où triomphait l'étranger ;
Et Lui, sujet volontaire,
Sous ton sceptre héréditaire
Vient plein d'amour se ranger.

XIII.

» Un roi que son peuple adore
Et qui tombe sous le fer,
Voilà les forfaits qu'abhorre
Tout cœur à la Vertu cher.
Mais quand les Lois sociales,
De caresses bestiales,
Dans les bras des scélérats,
Meurent, indignes victimes,
Alors, c'est punir des crimes
Que meurtrir tels magistrats.

XIV.

» A tous d'en faire justice,
Quand l'acier tranchant, le feu,
D'une *Nation* factice
Seuls interprètent le vœu ;
Puisque désormais captives,
De l'État les forces vives
Servent la férocité,
Et qu'il faut, loin qu'on l'éclaire ,
« *Tenir le Peuple en colère,* »
Pour garder l'autorité.

XV.

» Je vois ces antropophages
Contre eux aussi conspirer,
Et pour combler leurs ravages,
L'un, l'autre se dévorer ;
De la Justice les formes
Masquer leurs forfaits énormes,
Rendus par là plus affreux ;
Les tribunaux qu'ils profanent,
Et des méchants qui condamnent
D'autres méchants moins heureux.

XVI.

» Si tous veulent la conduire,
Malheur à la Liberté !   .
Ils vont en poudre réduire
Son char par bonds emporté.
Qu'un Seul s'empare des rênes,
Il assoupira les haines
Refrènera leurs excès.
La sûreté, l'abondance,
Que ramène sa prudence,
Légitiment son succès. ˙

XVII.

» Antoine, Lépide, Octave !
Chacun avait ses proscrits,
A la République esclave
Restaient les pleurs et les cris.
Mais enfin vainqueur, Auguste,
D'un règne aussi grand que juste ,
Dote l'univers charmé ;
Et Rome, trop rare exemple,
Voit un mystérieux temple
Par l'aimable Paix fermé.

XVIII.

» Cher Pays, sans la Victoire
Amante de tes guerriers,
Qui relèvera ta gloire?
Sont-ce des aventuriers;
Un Rhéteur qui se prosterne
Aux pieds (pourvu qu'il gouverne)
De son *Peuple Souverain;*
Un effronté Démagogue,
Dont le Pamphlet prend sa vogue
De chants au sanglant refrain?

XIX.

» Chaque matin sa voix tombe
Comme un Oracle en fureur
Demandant une hécatombe
Pour son dieu de la *Terreur.*
Et des troupeaux d'hommes viennent
Et de plus tremblants les mènent
A l'Autel, lâche bétail !
O honte! il faut qu'une femme,
De ses jours rompant la trame,
Dissipe l'Epouvantail.

XX.

» La Deuxième de ma race
Comme j'en suis le Premier:
Telle dans les cieux se trace
La cime du droit Palmier
Une route solitaire
Où nul rameau ne vient faire
Ombre ou barrière à son port;
D'un seul fruit il se couronne,
Mais quel aliment il donne,
Quel vin et mielleux et fort!

XXI.

» Or, payant à la Loi stricte
Le prix de ton action,
Ta vie offre à sa vindicte
Pleine satisfaction.
Sûre de ta conscience
Tu vis avec patience
L'horrible apprêt du trépas;
Que du Vulgaire le blâme,
Que son courroux sur ton âme
Tombant ne l'ébranlent pas!

XXII.

» Modeste devant tes juges,

Sans peur, quand, pour toi tremblant,

Tu fermes tous les refuges

Qu'allait t'ouvrir le Talent ;

Mais en public offensée,

Et par le bourreau blessée,

Ta pudeur eut quelque émoi.....

Viens, pure et virile Fille,

Viens, entre dans la famille

Des Immortels comme Moi. »

Saint-Germain-en-Laye, 1er *Novembre* 1854.

Imprimerie de H. PICAULT, à Saint-Germain.